Cartas de amor y desamor

ESPIDO FREIRE

Cartas de amor y desamor

ISBN 978-84-96822-76-4

PRIMERA EDICIÓN
2009

DIRECCIÓN DE ARTE
Departamento de Imagen
y Diseño GELV

DISEÑO DE CUBIERTA E INTERIORES
spr-msh.com

FOTO DE CUBIERTA
Trípode s.l.

IMPRESIÓN

© DEL TEXTO: Espido Freire, 2009
© DE LA EDICIÓN: 451 Editores, 2009

 Talleres Gráficos GELV
(50012 Zaragoza)
Certificado ISO

Xaudaró, 25
28034 Madrid - España

DEPÓSITO LEGAL: Z. 4344-08
IMPRESO EN ESPAÑA

tel 913 344 890 - fax 913 344 893

info451@451editores.com
www.451editores.com

HOLA, AMOR:

Ya no somos niños, y nuestros juegos tienen poco de inocente. Ya no somos amantes nuevos, y día a día descubrimos la capacidad inmensa para hacernos mal, una habilidad que desconocíamos para hurgar en el hueco más doloroso del otro. Tú sabes escaparte con excusas, y cambias de tema, y

olvidas enseguida lo que te parece desagradable.
Ojalá tuviera yo esa virtud; pero me ha sido nega-
da. Yo he sido siempre la responsable, la seria, la
chica gris junto al chico maravilla, la mosca cojo-
nera que arruinaba las gamberradas. Y ahora, cum-
plamos con nuestro papel, cada cual con el suyo.

El mío es cerrar los ojos y preguntarte cuándo fue la última vez que nos escapamos sin pla-

nes un fin de semana; la última en la que nos miramos antes de caer derrotados frente a la televisión, y las partidas con los amigos y la ventana pendiente de un arreglo porque chirría, y los informes que no acabaste a tiempo el viernes. ¿Cuándo fue la última vez que derrotamos al aburrimiento obligatorio del domingo?

Antes no era así. Antes te metías unos billetes en el bolsillo, y cogíamos el coche y no regresábamos en dos días, con los minutos contados para arrancarnos la mugre con una ducha y correr al trabajo. Antes te colabas en el cine y me esperabas dentro, y te reías de mí porque yo no juntaba el valor para seguirte sin entrada. Antes cocinábamos recetas de un libro que trajiste de

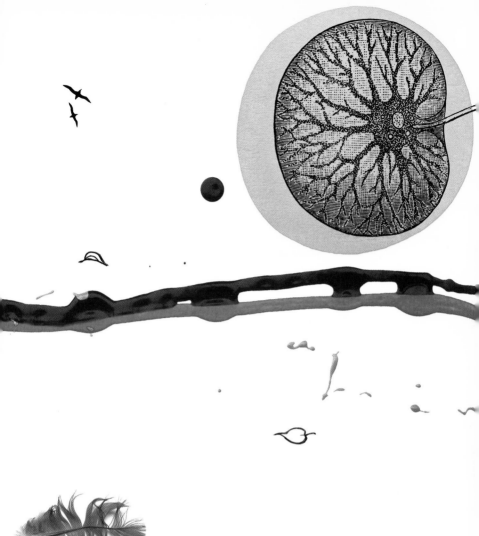

Marruecos, y a veces podíamos comerlas, y otras ¹³ acabábamos en la noche con una sopa de sobre y dos tostadas con queso.

Se te está escapando la alegría, amor mío, y yo no sé cómo evitarlo. Yo no puedo ser tú y yo al mismo tiempo, y siento que me quieres, y siento que nada pasa, y sin embargo, creo que si nada pasa, algo grave ocurre, y no entra en

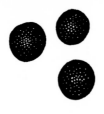

MAD 26 JUL

IBERIA

IB 174649

IB8900 | TO **GOA** | 031 | 26JUL

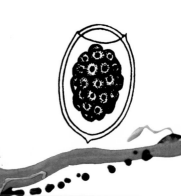

mis planes tolerar que la vida que comparto

contigo, esta vida que tiene sentido únicamente porque tú la compartes conmigo, envejezca sin remedio.

Piensa que el tiempo pasa. Imagina que tenemos de pronto setenta, ochenta años. Piensa en que apenas podremos movernos, que pesarán las piernas, que la piel se habrá arrugado, que ha-

Si usted supiera lo frágil que es, no c

rán falta gafas para todo. La vida se hará de pronto muy complicada, como un embudo que nos tragara hacia el vacío. ¿Qué recuerdos tendremos entonces?

Yo te recordaré tomando champán a escondidas en el cumpleaños de mi hermano, te recordaré saltando de balcón en balcón el día que olvidaste las llaves, me recordaré durante aquel

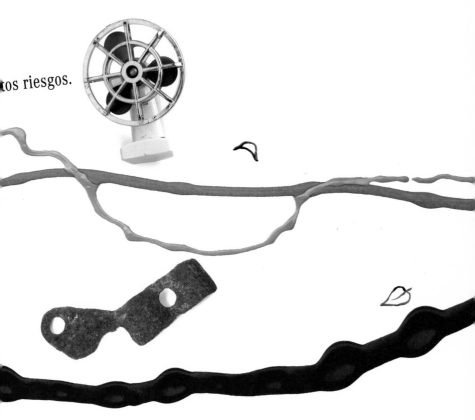

tos riesgos.

baile contigo con el vestido azul que te gusta-
ba, nos recordaré rotos en llanto en el entierro
de tu madre. Y quiero llenar el resto de años
que nos quedan de recuerdos, quiero que cree-
mos ahora la vida que luego será pasado, en lu-
gar de que una laguna plácida y quieta se ex-
tienda de aquí allá. No es con esto con lo que
soñaba.

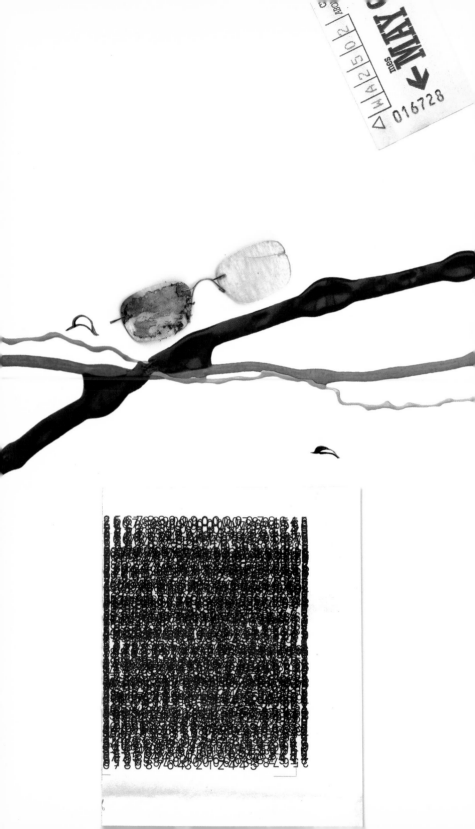

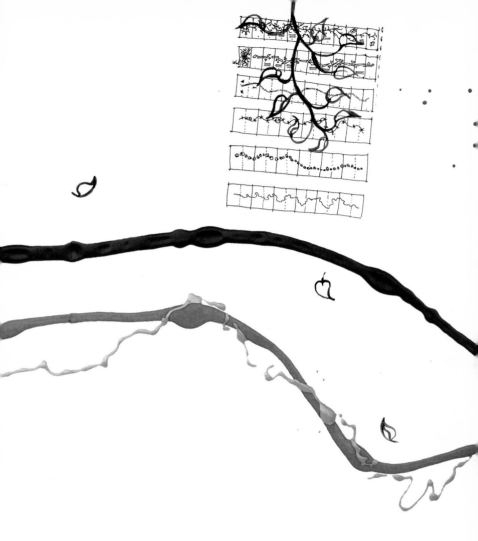

Y como ya no somos niños, como todas las ¹⁹ capacidades, y la fuerza, y el valor, todo lo que poseemos, lo conocemos ya, ven, habla conmigo. Vamos a convertirnos en viejos.

TERWURA

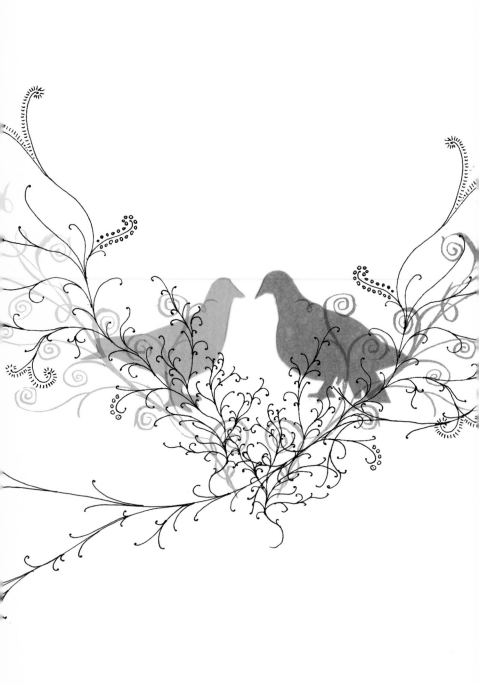

AMOR:

Nos quejamos tantas veces, tantos días... los dos nos cargamos de reproches, tú no bajaste la basura, yo nunca recuerdo apagar la luz del baño, nos quejamos tanto que se nos olvida a veces la dicha de que pasen los días y las quejas y de que aún encontremos algo por lo que protestar. Y

cada vez que te digo que la basura rezuma y hue-
le, sé que te encogerás en el sofá, tan perezoso y
tan cansado, y que seré yo la que, cuando la noche se haga vieja, coja la bolsa repugnante y la
baje rezongando, el brazo muy lejos del cuerpo;
y sabes que cuando abra de nuevo la puerta te
cubriré de insultos enormes e inofensivos, y po-
drás echarme en cara que olvidé de nuevo la luz

del baño, y que luego la cuenta sube y nuestros
ahorros bajan y no viajaremos nunca a Buenos
Aires.

Nos quejamos todo el rato, tú me arrojas la almohada cuando insisto en despertarte por la mañana, ese absurdo empeño mío de que alguna
vez llegues a tiempo al trabajo, yo bostezo y me
hago la dormida por las noches cuando a ti aún

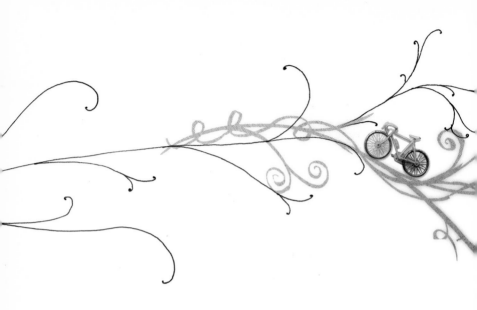

²⁶ te quedan dos horas de energía, y protestas porque te arrastro a la cama en lugar de permitirte trabajar un rato más, o jugar con el ordenador medio a escondidas, y te pongo un libro en la mano y te obligo a que me leas en alto, como a una niña muy pequeña, y cuando me duermo me acaricias el pelo y sigues leyendo dos, tres horas más, de modo que mi astuta treta no da

resultado y de nuevo he de levantarte lleno de
sueño por la mañana.

Nos quejamos del derecho y del revés, a mi
madre y a tus amigos, que se hacen los locos y
no se atreven a decir palabra, que nos recomien-
dan tranquilidad y un poco de paciencia, y no se
toman nada en serio, nada, ni mis cuitas ni tus
batallitas, y nos cobran contándonos sus penas

A124

que son siempre, siempre, más importantes que
las nuestras.

Nos quejamos constantemente, yo me lamento porque no quedó sabrosa la cena, demasiada sal, o demasiado pasada la carne, y busco en la queja un poco de ternura, que tú me digas que nada importa, que cocino como un oso, pero que me quieres, y eso basta; y pasan los días y

el piropo no llega, y yo dejo de cantar mis in-
eptitudes, porque no me dedicas las palabras
bonitas. Y pasan los días señalados sin unas flores, o sin que te acuerdes de que hoy hizo un
año, dos, siete, y de pronto te enfurruñas porque hace dos días me dejaste una nota escondi-
da bajo el jabón del baño que yo no encontré,
o tu vaquero sobre la cama formaba un cora-

zón y yo lo arrojé sin fijarme al cesto de la ropa
sucia.

Nos quejamos, pero olvidamos recordarnos cada día la delicia de enterrar mi cara en tu espalda cuando me despierto en mitad de la noche y oigo tu respiración, y el mundo entero se organiza. Olvidamos agradecer el hueco de tu clavícula, que me sirve de almohada, y la mirada

que nos cruzamos en las cenas de compromiso, y las tardes empleadas en pensar en una sorpresa nueva, en un regalo único, y los brazos con que calmas mis lágrimas, y las palabras con que acaban tus preocupaciones, y la nostalgia inmensa que nos asalta de pronto en el trabajo, solos, y las notas en la nevera como esta, con corazones ridículos dibujados con la mano iz-

quierda, mientras con la derecha agito la basura, un momento antes de librarme de ella y de
pensar en terribles y atroces insultos con los
que quejarme.

N. S. della Guardia
proteggeteci

YO TAMBIÉN LO SIENTO, YO TAMBIÉN LO SIENTO, YO
también lo siento...

No puedo creer que hayas hecho esto por mí...
Tenías que ver la expresión de mi cara. ¡Estás
loco! ¡Has perdido la cabeza! ¿Y si te digo que
no? ¿Y si te hubiera puesto en evidencia? ¿Y si
ni siquiera te hubiera abierto la puerta y te hubieras quedado allí fuera, con las flores en la

mano y el bochorno en la cara? No sabes lo rencorosa que puedo llegar a ser...

Sí, por favor, te perdono todo, lo olvido todo, pero no volvamos a pasar por esto. No riñamos más; prométeme que no discutiremos nunca más. Ahora ya no hará falta... Prométeme todas las cosas imposibles..., júrame que me amarás para siempre, que nunca me dejarás, que no llegarás

tarde jamás, que no harás daño, que no cometerás los mismos errores, que no me herirás con tus silencios. Solo así seré capaz de recuperar la ilusión de un comienzo nuevo, página blanca, palabras inocentes, intenciones rectas.

Cuánto sufrimiento el de estas semanas. No pensé que fuese capaz de sentir tanto dolor, de maldecir el momento en el que me despertaba,

de la charla continua sobre nimiedades, de irme
a la cama únicamente después de tres *gin-tonics,*
con la cabeza floja y las piernas blanditas, de apre-
tar la mandíbula en público para que no notaran
nada y no me asediaran a preguntas. Un zarpa-
zo en la garganta, una gota de sangre a cada paso,
y a cada paso y a cada sangre la certeza de que
yo ya lo sabía, de que lo sabía, que no existen los

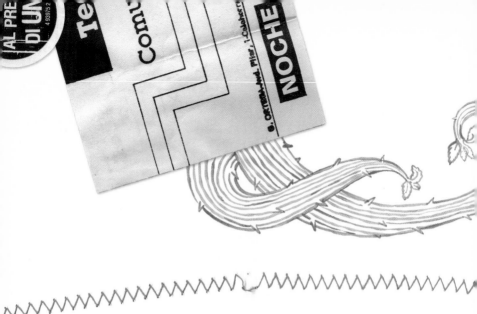

cuentos de hadas, que el amor esconde agujas y
que tú eras la mía.

Y perdóname también a mí... Soy como una niña, no tengo juicio ni medida. Pero ya me conoces: no puedes tomarme en serio. Grito, soy incapaz de callar lo que se me pasa por la cabeza, y luego llega el horror... ¡No quiero regresar al horror! Porque pese a lo que sucedió, pese a tu

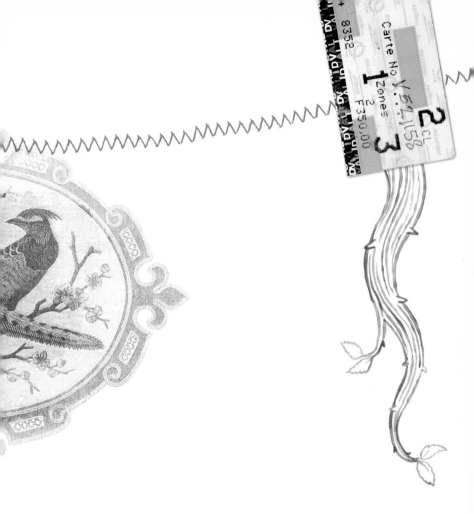

insensibilidad, y tu cabezonería, en estos días
comprendí de pronto que alguien está conmigo,
de mi lado, y me ayuda a que deje de ser niña, y
mimada, y absurda. Nunca lo había comprendi-
do así. Te sentí cuando faltaste, como si hubieras
formado siempre parte de lo que me sostuvo,
como si tú y yo estuviéramos soldados al mismo
metal y se nos hubieran desdibujado los límites...

KODAK 5005 EPP

GRANNY SMITH
CHILE

Sicilsapori
Biancavilla
S.R.L.
TAROCCO DI SICILIA

Speedy

IL DELFINO

Mela Alto Adige IGP
Südtirol
Val Venosta

Special Fruits
Banesa
Brazil

campofrigo

battaglio

Mela
Piu
FUJI Qualità

IL GIRASOLE

Südtiroler Apfel g.g.A.
Südtirol
Vinschgau

D.O. MANZANA REINETA DEL BIERZO

FUJI
413

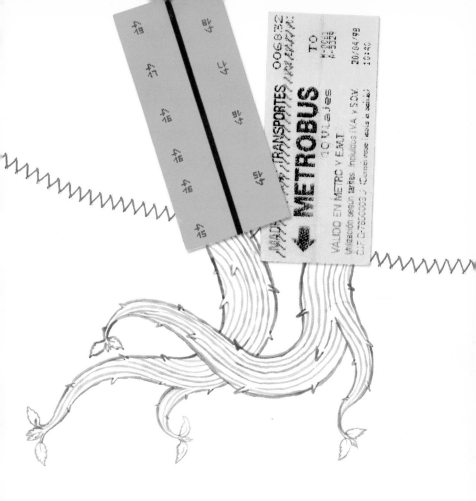

Ya me puse nostálgica, ya me inclino para ti- ⁴⁹
rar mis redes otra vez en los mismos mares: y en
el fondo anida el miedo, ¿y si no soy capaz de un
cambio?, ¿y si el perdón no basta para romper
el hechizo que cae sobre quienes no hablamos
de lo importante? El amor no ha sido suficiente
para nosotros; algo nuevo tendremos que inven-
tar. Sacudiré las cenizas, nos quemaremos con

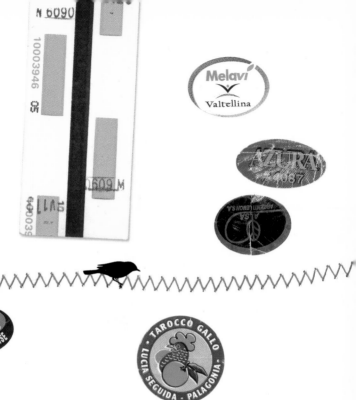

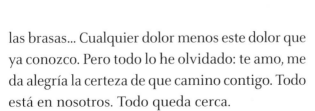

las brasas... Cualquier dolor menos este dolor que
ya conozco. Pero todo lo he olvidado: te amo, me
da alegría la certeza de que camino contigo. Todo
está en nosotros. Todo queda cerca.

Ah, quiero decirte más, pero no encuentro
esas palabras que me estallan en la mente. Ca-
llo. El silencio sabe más de amor, los ojos llevan
escritas todas las cartas creadas en el mundo. Te
quiero. Te espero. No tardes ya.

REPROCHE

No contestas a mis cartas, no respondes mis llamadas. Debe de estar amaneciendo, y me he quedado dormida sin pensar en nada, descuidada y enferma. Deben de ser las cuatro, las seis. Me arde la frente. Estoy sola, y tú, de nuevo, has roto tu promesa de quedarte a mi lado. No me

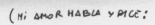

has valido como amante, y no sirves gran cosa como amigo.

Me acusas de habitar en el pasado, pero tampoco tú olvidas, y cada día queda fijado en nuestra memoria por los mil detalles que distinguen un aire del otro y la primavera del invierno. Contra el tiempo que derrota, nada es posible. Lo único que se me está olvidando es llorar.

Ya lloré bastante, bastante lloré.

A veces la rabia asciende por las venas, y me sorprende no sentir dolor, sino una tranquilidad que me deja cansada y confiada, mecida en dulces alas de pájaro en el agua. Vuelvo a ser quien soy y no quien tú deseabas: yo, la buena y generosa cuando te cumplía los gustos. Yo, retorcida y maléfica como un alacrán en medio de las pe-

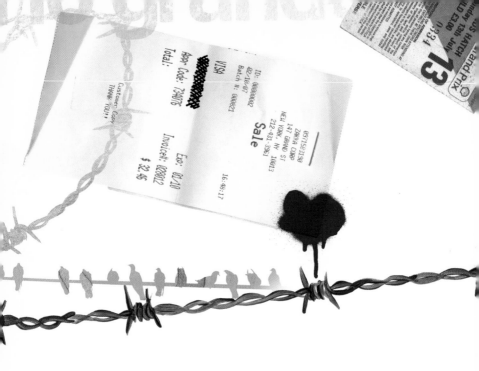

leas. Yo, la pobre tonta, la obediente, la ingenua, el juguete con que divertirte.

Me dijeron que en el amor estaba la muerte y la vida, pero me engañaron. Las cosas giran y cambian, y se confunden. Aquello debió de ser amor, sin duda, porque se convirtió en mi vida, y en mi muerte. Me despertaba y te veía en mi cama, y la yo que no era yo deseaba hacerte sufrir, ahogar-

te con la almohada. Así acabaría todo. Pero yo, la
que era yo, te acariciaba y volvía a dormirme. Y
la yo en la que me estaba convirtiendo lloraba.

Te he querido tanto, tanto, y tú ni siquiera lo
has sabido. Así sigues con tu rumbo, mirando
hacia otro lado si lo que ves te disgusta. La primera vez que oí tu voz vi las nubes. La primera
vez que toqué tu mano, pensé en escapar. Como

el agua hacia el océano, yo caminé hacia ti, un
ángel que vino de lejos disfrazado de hombre.

Si alguna vez acaricié a otros, desaparecieron
cuando te vi. Solo existías tú. Enciérrame y má-
tame de hambre, te suplicaba, pero no te vayas.
Hazme sufrir, pero no te vayas. Nadie podía de-
tenerte, perro en celo detrás de otras perras. Las
horas pasaban lentas sin ti, mientras añoraba tus

pasos por la casa, y lloraba rabiosa, enfebrecida como ahora en la cama, arañando el colchón y arrugando las sábanas que se soltaban de los bordes; y si las cosas iban bien, esa noche sentiría sobre mí tu peso, que era el peso del cielo, y mi boca llena de la tuya, los ojos llenos de agua, una pesadilla brutal y desgarradora que se volcaba en otra pesadilla real cuando amanecía y de nue-

vo te ibas, sin el consuelo de al menos arrancar-
te una explicación cuando regresabas cada noche, cuando yo te esperaba con la puerta entre-
abierta y sentada en la cama, atenta a los ruidos,
segura de que esa vez no volverías y el dolor me
destrozaría a dentelladas como los lobos.

Solo existías tú, todos eran tú y tú en todos, noche y luz, aquí, desnudo junto a mi cintura, de pron-

to tenso y vigilante como un gato, la boca sutil, los labios machacados. Si tan solo ahora pudiera detener mis pensamientos, pudiera interrumpir mi aullido en silencio, y se me frenara el corazón...

Porque esta vez te has ido definitivamente, y bendito sea el momento en que te fuiste, porque si pudiera borrar el tiempo, regresarte a mi cama, a la lucha incesante de reptiles en movimiento,

la carne abierta en vivo y las venas derramando   65
sangre, a arañazos, a mordiscos, a bofetadas y
huesos doloridos, lo haría, y con eso acabaría mi
esperanza: me encadenaría a ti para siempre. Y
he elegido vivir. La herida cauteriza y los flan-
cos sanan. Y de nuevo me juro no escribirte, me
juro no llamarte, pero cómo te quise, cómo te
quise, Dios mío, cómo te quise.

DESPEDIDA

ESCUCHO TU VOZ EN EL CONTESTADOR, Y AÚN NO puedo creer del todo que vivas en otra calle, que mis faldas no se mezclen con tus pantalones en el armario, que hayas estado aquí, en la casa que ahora es ya solamente mi casa, y que ni siquiera me hayas encontrado. Y yo mientras tanto perdida con las compras, buscando aparcamiento, todas esas cosas que ya no cuentan nada, porque

en ese momento tú abrías la puerta, recogías el resto de tus cajas y me dejabas las llaves de casa y una nota, y ni siquiera sentí una punzada en el pecho cuando arrancabas tus libros de la estantería, nada, ajena a que vaciabas los cajones que te quedaron por registrar y cerrabas tras de ti la puerta y los años en que fuera tu puerta, tu casa, tu mujer.

Creo que no te dejaste nada; no echo nada en
falta, tampoco. Todo en su sitio, muchos huecos
que me apresuro a ocupar moviendo las perchas,
los productos de belleza más espaciados, con la
compra de más y más libros. Tus llaves, y tu nota,
tan cariñosa, para que aunque no nos queramos,
no deje nunca de quererte. Con qué dolor se des-
hacen los lazos que nos impusimos con tanta

alegría. Y esta soledad buscada que pesa ahora
como la losa que señala una tumba. Los consue-
los absurdos de los que me quieren bien, los que
me llaman fuerte, los que señalan que no nos
quedaba otra cosa por hacer.

Y sí, continúa pensando que esta fue la de-
cisión correcta, porque así lo pienso yo también, aunque me tiemble la voz al afirmarlo, y

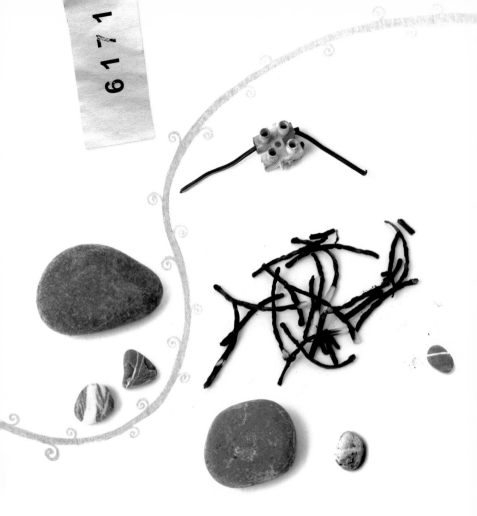

en cada esquina crea verte, y no comprenda por
qué no encuentro colillas en los ceniceros. Y sí,
duele la respiración, como si contigo se hubiera ido parte de mi memoria, de mis palabras,
como si la vida de pronto fuera tan nueva que
no supiera cómo enfrentarme a ella, cómo le-
vantarme por las mañanas, y cuál es la clave de
la alarma antirrobo. Para qué la alarma, si no

carta de couor

Perlim
Pomme du Limousin

queda ya nada de valor tras la puerta. Y sí, un
café, una comida, lo que quieras, avísame el día
anterior, charlemos, pídeme ayuda si lo nece-
sitas, sube a por lo que olvidaste, no soporta-
ría saberte esperando en el portal. No seamos
crueles el uno con el otro, permitamos que esto
sea únicamente una despedida, no el fin de
todo.

Que sea una bifurcación en la corriente, que podamos saludarnos en las bodas, y en los cumpleaños, y celebremos los éxitos, y echemos una mano cuando la desgracia apriete. Luego ya llegarán con calma los años y el olvido, y otras casas y otros amores en los que apoyarnos. No pueden terminarse la vida y la felicidad tan pronto. Que dure el recuerdo, o que dure al menos la despedi-

da mucho tiempo, ese espejismo de querernos aún un poco, de cuidar las palabras para que no hieran, y los gestos para que no invadan, y el recuerdo de las anécdotas que nunca nos hicieron gracia para sentirnos aún cercanos.

Qué difícil me resulta ahora creer que en algún momento me hiciste daño. Juego con el contestador, y tu mensaje se repite; y quizás

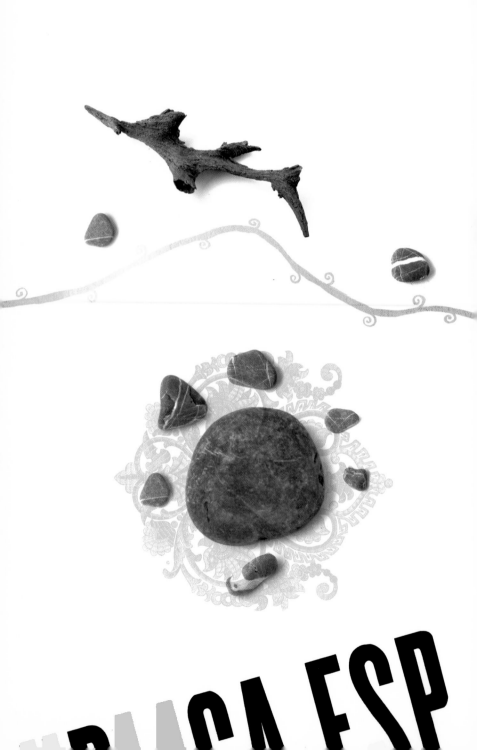

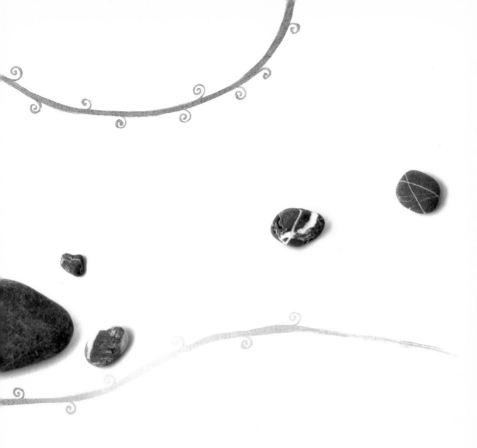

mientras yo escribo estas letras sientas una punzada en el pecho, y sepas así que estoy aho-ra pensando en quiénes fuimos, y que temo quiénes seremos.

PAGO YO PORQUE
TE QUIERO MÁS.

→   ↑

14:29   000110
0001 TEILE
70,00

¿Y tú me hablas a mí de oportunidades? ¿Crees que voy a mendigarte un retal roto, un clavo para arreglar esta vida? ¿Tanto piensas que vales? ¿Que me haces la caridad de continuar conmigo, de regalarme tus chistes malos, tus modales de corral, tus desaires? ¿Quién te enseñó

que la vida se acababa sin ti? Mira cómo te aprecio en lo que vales... Te regalo a quien te quiera. A la primera que pase, para que descubra qué buen negocio ha hecho.

Y yo, yo no quiero ni verte. Del asco que me das, ni siquiera repetiría tu nombre. Me regalas otra oportunidad, me dices, y te vienes a verme condescendiente como un archiduque.

Entérate bien de que ni voy a echarte de menos.
Me tumbaré a dormir, me levantaré mucho más
ligera, y a correr, a vivir, a abrir las ventanas. Ah,
qué linda vida me espera sin ti.

Porque desde hace tiempo tus ojos se han
vuelto vidriosos, y tus errores ya no tienen gracia. Y me he cansado de abrasarme yo para que
tú te escapes, de mis mentiras por ti y de mi

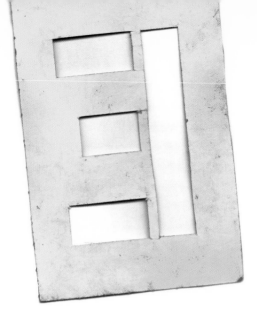

espera por lo imposible, de ser siempre la última y de tus gritos por todo. Y tus besos son como la tiza que roza la pizarra, como la sal que se quedó bajo el plato, una dentera continua. Y ni mis mejores dolores de cabeza esconden que no soporto que me toques, las náuseas que me invaden cuando me atenazas un pecho. Y no encuentro ya excusas para continuar un día más

contigo, sin alegría, sin respeto, sin nada que huela a cariño. Ya se han muerto mis *espera,* y mis *la convivencia siempre es difícil,* y mis *dale un poco más de tiempo,* y mis *siempre es igual.* Mis *hay que acabar lo que se comienza* y mis *tú te lo has buscado, no te quejes ahora.* He vivido enterrada entre las razones que me contaba para que nada cambiara, entre el miedo y las dudas,

La sangre con letra entra

y acabo de darme cuenta de lo sencillo que es librarse de ellas.

Y por mí no te preocupes: me quedan las fotos, los álbumes repletos de fotos con sonrisas, las manchas en las sábanas y las marcas oscuras bajo los cuadros colgados, me quedan los trozos de las frases bonitas descuartizadas, tus halagos falsos, tus excusas revenidas, todas las

mentiras que puse tanto interés en creer. Tengo las promesas incumplidas, dos regalos baratos que trajiste a deshora, y un par de cartas cursis, y una alianza que estoy deseando arrojarte a la cara. Queda la figurita del pastel de boda, y un viaje de novios que nunca llegó. Queda una hipoteca a medias y unas letras sin pagar, y un fondo de pensiones del que jamás dis-

frutaré. Dinero, malos recuerdos y sueños rotos. Nada más.

Y desde ahora y hasta el día en que te mueras, ojalá te acompañe la desdicha en todo lo que inicies: que te mientan, que te engañen, que te roben hasta la camisa que llevas puesta. Que te desuelle el sol si te marchas en otro viaje de novios, que se hunda el banco que elegiste para tus ahorros,

que te ponga los cuernos tu mujer, que se escapen de casa tus hijos, que tus nietos te escupan a la cara. Que te encuentres cucarachas en el arroz con leche, que descubran que has muerto solo cuando ya huelas. No te mereces otra cosa; ojalá la encuentres. Y ojalá yo ni siquiera me entere de ello.